POISLE DESGRANGES

PENDANT
L'ORAGE

POÈMES NATIONAUX ET HISTORIQUES

*À Berlin! la vengeance;
le Quatre Septembre; les Canons; Combattre!
Épître au Roi de Prusse; Épître à Bismark; Paris prussien;
un Deuil; le Premier Mars; la Commune;
Mai; la Honte; Paris en feu; le Champ de blé.*

PARIS

ALPHONSE LEMERRE, ÉDITEUR

47, PASSAGE CHOISEUL, 47

1871

PENDANT L'ORAGE

J. POISLE DESGRANGES

PENDANT
L'ORAGE

POÈMES NATIONAUX ET HISTORIQUES

La Barbare Vengeance
*le Quatre Septembre; les Canons; Combattre;
Épitre au Roi de Prusse; Épitre à Bismark; Paris prussien;
un Deuil; le Premier Mars; la Commune;
Mai; la Honte; Paris en Feu; le Champ de Blé.*

PARIS
ALPHONSE LEMERRE, ÉDITEUR
47, PASSAGE CHOISEUL, 47
—
1871

PRÉFACE

*Les poëmes contenus dans cette brochure ont
paru tour à tour dans les journaux ou par livraisons. Quelques-unes des livraisons, en raison du sujet ou du succès de l'œuvre, ont été
tirées à un plus grand nombre d'exemplaires
que les précédentes dont les éditions sont épui-
sées.*

*Il serait par conséquent impossible aux der-
niers souscripteurs de se procurer aujourd'hui
la série complète des œuvres séparées.*

Pour les offrir au public, nous avons réuni et

classé nos poëmes nationaux suivant leur ordre de date et de publication.

Ce sont des éclairs lancés contre la Prusse PENDANT L'ORAGE *qui a grondé sur nos têtes.*

Il a été terrible pour nous, cet orage; car il a ruiné la France!

Les milliards prélevés par l'étranger, après l'envahissement de notre territoire, n'ont pu nous préserver de la guerre civile. Cette dernière épreuve était réservée à notre pauvre France, qui l'a subie avec douleur!

Mes vers vous le diront; puissent-ils être le fidèle écho de tout ce qui s'est passé PENDANT L'ORAGE, *et inspirer aux hommes une haine profonde pour ceux dont l'ambition commande au fléau de la guerre.*

J. P. D.

NOTA. — *Les poëmes relatifs à la Commune sont inédits, les événements et le mutisme de la presse n'ayant pas permis de les faire paraître.*

A BERLIN !

CHANT PATRIOTIQUE FRANÇAIS

DÉDIÉ A L'ARMÉE DU RHIN

L'aigle a tremblé pour ses petits ;
La mère a tremblé pour ses fils ;
L'orage a fait trembler la terre ;
Mais le Français ne tremble pas !
Pour lui ni foudre ni tonnerre ;
Car il sait affronter la guerre.
Voyez-le courir à grands pas...
C'est lui le géant des combats !

Non ! non ! jamais ! jamais la France
N'aura d'autre nom que le sien !
Plutôt la mort que la souffrance
    Du joug prussien !
  A Berlin !... Vive la France !...

Orgueilleux gendarmes du Rhin,

Vous nous vendez cher votre vin ;

Nous saurons défoncer la pièce ;

Car le Français ne tremble pas !

Il rit de votre double ivresse.

Le Français marche sans faiblesse,

Voyez-le courir à grands pas...

C'est lui le géant des combats !

Non ! non ! jamais ! jamais la France

N'aura d'autre nom que le sien !

Plutôt la mort que la souffrance

            Du joug prussien !

        A Berlin !... Vive la France !...

Prussiens, ralentissez vos cris :

Vous ne viendrez pas à Paris

Baigner vos chevaux dans la Seine ;

Car le Français ne tremble pas !

Il vous devance dans la plaine

Où vous périrez hors d'haleine ;

Voyez-le courir à grands pas...

C'est lui le géant des combats !

A BERLIN !

Non ! non ! jamais ! jamais la France
N'aura d'autre nom que le sien !
Plutôt la mort que la souffrance
Du joug prussien !
A Berlin !... Vive la France !...

Le sang versé sur le chemin
Nous guidera jusqu'à Berlin.
Nous y serons avant l'automne ;
Car le Français ne tremble pas !
Entendez-vous ?... le canon tonne !...
Le Français est fils de Bellone ;
Voyez-le courir à grands pas...
C'est lui le géant des combats !

Non ! non ! jamais ! jamais la France
N'aura d'autre nom que le sien !
Plutôt la mort que la souffrance
Du joug prussien !
A Berlin !... Vive la France !...

Juillet 1870.

VENGEANCE!

A L'ARMÉE FRANÇAISE

Vingt contre un ! c'est à n'y pas croire,
Les Prussiens marchent contre nous !
Ils osent chanter la victoire
Et tombent morts à nos genoux...
Mais, hélas ! quelle tâche immense
Pour la France et ses fiers enfants :
La terre vomit des uhlans
Toujours prêts à brandir la lance !...

VENGEANCE !

C'est le cri d'indignation
Que l'écho rapporte à la France,
Et le cri de la nation
Fait redire à l'écho : — VENGEANCE !

Ils courent, ces bandits infâmes,
Sur notre sol ensanglanté :
Les enfants, les filles, les femmes
Sont en proie à leur cruauté ! ..
Leurs canons, braqués en silence
Contre les villes sans remparts,
Atteignent de plus près les arts
Et nos blessés à l'ambulance !

VENGEANCE !

C'est le cri d'indignation
Que l'écho rapporte à la France,
Et le cri de la nation
Fait redire à l'écho : — VENGEANCE !

Ces hommes roux, ils sont tous ivres ;
Le sang les a gonflés d'orgueil !...
De Strasbourg ils brûlent les livres,
Et la cathédrale est en deuil !
De ces barbares l'insolence
Pousse partout les noirs chevaux :
Ils ont brisé sur les tombeaux
La croix qui soutient l'espérance !..

Vengeance!

C'est le cri d'indignation
Que l'écho rapporte à la France,
Et le cri de la nation
Fait redire à l'écho : — Vengeance!

3 septembre 1870.

LE QUATRE SEPTEMBRE [1]

AUX MEMBRES DU GOUVERNEMENT

DE LA DÉFENSE NATIONALE

Vous l'avez acclamée en séance publique,
    En disant : C'est la liberté!
Et le peuple a crié : Vive la République!
    Suivons ses lois avec fierté.

    Ses lois, ah! d'abord que sont-elles?
    Il faut éclairer les humains :
    Elles sont toutes fraternelles ;
    C'est l'union des cœurs, des mains.

1. Date de la proclamation de la République à l'hôtel
de ville.

C'est du parfait accord l'entente souveraine ;
      Nul ne prend le titre de roi ;
Tout citoyen est chef, un César dans l'arène
      Où sa force défend le droit !

      En république point d'atomes
      S'attachant aux murs des palais ;
      Point de moucherons, mais des hommes
      Pouvant dormir sur les galets.

Point de plaisirs troublant la faculté de l'âme,
      Point de luxe comme au château ;
Un labeur productif pour l'homme et pour la femme ;
      Et pour l'enfant un doux berceau.

      Il ne faut pas en république
      Qu'un citoyen manque de pain,
      Que chaque homme de bien s'applique
      A prêcher l'amour du prochain.

Point de pauvre oublié ; qu'une main libérale
      Offre à chacun les mêmes dons.
Il faut que Thémis ait une balance égale
      Contenant de nombreux pardons.

Il faut qu'on tienne sa parole

Sans obéir à l'intérêt.

Et que l'on conserve une obole

Pour l'offrir à qui cherche un prêt.

Il faut donner aussi l'exemple du courage,

De l'ordre et de la loyauté ;

Ne plus verser de sang... abolir le carnage

Qui fait place à la royauté !...

Mais l'ennemi souille la France

Qui ne veut pas de conquérant ;

Peuple, il faudra prendre la lance

Et te montrer belligérant.

Il te faudra bientôt égorger plus d'un frère

Portant l'uniforme prussien.

Tous les fils partiront... Hélas ! plus d'une mère

Ne reverra jamais le sien !...

Ne peut-on sous la république

Implorer doucement la paix ?

Sa figure est-elle angélique

Ou bien a-t-on durci ses traits ?

Son buste est devant vous, que lui seul vous inspire.

Représentants de grands devoirs!

Tout en foulant aux pieds les tapis de l'Empire.

Ne dormez point dans ses boudoirs.

Montrez-vous!... et que la victoire

Soit acquise sans nul remords;

Pas un pouce du territoire [1],

Pas une pierre de nos forts!...

1. Paroles de Jules Favre, affichées dans Paris le 20 septembre, par le gouvernement de la défense nationale.

DES CANONS!

AUX PARISIENS

Du pain! dit l'enfant à sa mère :
J'ai faim!... — Du bois! dit la misère
J'ai froid!... Mais Paris ne dit mot:
Paris est le fils de la France!
Son front endure la souffrance,
Et son cœur renferme un sanglot.
Paris pourrait verser des larmes
S'il devait mettre bas les armes ;
Mais j'ai l'espoir que nous vaincrons
  Avec des canons!

Cloches sans cesse désolées,

Suspendez vos doubles volées ;

Que votre bronze soit fondu

Pour défendre la capitale.

L'ennemi devant nous s'installe ;

Mais notre honneur n'est pas vendu !...

Paris le tient dans sa ceinture ;

Y toucher serait une injure ;

Car j'ai l'espoir que nous vaincrons

Avec des canons !

Nos canons, au sortir du moule,

Seront demain traînés en foule

Par tous nos braves artilleurs ;

Car il nous faut tirer vengeance

Des lâches qui souillent la France !

Vengeons Strasbourg et Metz en pleurs,

Et Châteaudun réduit en cendre !...

Allons ! marchons sans plus attendre !

Oui, j'ai l'espoir que nous vaincrons

Avec des canons !

Nous vaincrons, nous serons les maîtres;
Plus de despotes ni de traîtres!
N'ayons tous qu'un même étendard,
Celui du règne égalitaire;
Que le riche et le prolétaire
Marchent de front sur le rempart;
En avant!... frères!... Sans cuirasse,
Regardons les Prussiens en face!
Car j'ai l'espoir que nous vaincrons

      Avec des canons!

3 octobre 1870.

COMBATTRE !

HOMMAGE

AUX MEMBRES DU GOUVERNEMENT

DE LA DÉFENSE NATIONALE

Le général de Moltke a dit, faut-il le croire?
« Vous attendez en vain les soldats de la Loire;
Leur armée est détruite et, par les Allemands,
Est reprise aujourd'hui la ville d'Orléans... »
Il ajoute ces mots au bas de son message :
« J'offre à l'un de vos chefs de lui livrer passage
Pour s'assurer du fait... » Paris dont le sang bout,
Paris qui ne dort point quand sa garde est debout,
Paris qui n'est pas né pour se laisser abattre,
Paris a répondu : — *Je suis prêt à combattre !*

Peu m'importe un revers que la ruse interprète!
Je suis le chêne droit qui porte haut la tête :
La foudre en m'atteignant peut abattre mes bras;
Ce n'est pas toi, Prussien, qui me les briseras!
Quand le lion rugit, crois-tu que sa colère
S'apaise avec le vent qui mène la poussière?
Paris est le lion que rien ne rend craintif;
Dans la cage où l'on croit qu'il restera captif,
Il s'agite tout seul... mais seul il en vaut quatre!
Surtout lorsqu'il a dit : — *Je suis prêt à combattre!*

Combattre! Ah! c'est le cri que répétaient nos pères
Lorsqu'ils faisaient rentrer jusqu'en leurs froids repaires
Ces tigres réchauffés au fumier d'Attila.
Vous bravez le lion!... Le lion, le voilà!...
Il s'élance sur vous; c'est lui qui vous terrasse,
Lâches! vils assassins! vous demanderez grâce;
Plus on est criminel, plus on est repentant!
Le lion vous verra verser des pleurs de sang...
Essaim de moucherons, allons donc! viens t'ébattre
Sous les murs de Paris!... *Le lion veut combattre!*

Que nos monts élevés deviennent le calvaire

Des Germains! Que les morts n'aient pas d'autre suaire

Que la lune éclairant leurs visages blafards,

Leurs casques, leurs fusils et leurs membres épars!

Que les chevaux tombés au sein de nos campagnes

Rendent nos blés féconds au delà des montagnes!

Que l'herbe refleurisse au-dessus du cercueil

Qui plonge en ce moment toute la France en deuil!

Et que d'un même élan notre cœur sache battre

Quand l'honneur nous redit : — *Soldats, il faut combattre!*

7 décembre 1870.

ÉPITRE AU ROI DE PRUSSE

Ah! c'en est trop, Guillaume! Oses-tu dans ta main
Conserver plus longtemps ton poignard inhumain?
Le Dieu vengeur, qui marque au front les fratricides,
Absout-il les forfaits des tyrans homicides?...
Assez de sang versé!... Le sombre aspect des morts
Aurait dû t'inspirer la crainte et le remords.
Songe qu'en allumant le foyer de la guerre,
Pour consumer l'église et brûler la chaumière,
Tu marches sur un sol où la cendre est de feu!
Ton char n'y peut courir sans rougir son essieu;
Et le fer qui rougit, en chauffant perd sa force;
Il est ce qu'au bois dur est la flexible écorce.
Ton char doit donc périr dans son fougueux trajet
Si, régnant pour la guerre, elle t'a pour sujet.

Crois-tu qu'un cavalier tienne toujours en selle ?
A la longue il se lasse, à la longue il chancelle.
Ton coursier, qui vécut de l'herbe des tombeaux,
Laisse jaillir le sang du fond de ses naseaux ;
Il écume, il se cabre et mord parfois sa bride,
Ne pouvant mordre au vif l'assassin qui le guide ;
Car il sait des secrets qui font pâlir d'horreur !
Tu vantes tes exploits, tu vantes la valeur
De tes soudards grisés par le vin et les crimes :
Dans nos champs ton cheval a compté les victimes
Que la mort moissonna comme des épis blonds...
Les boulets, les obus ont détruit nos maisons.
La flamme a dévoré nos biens, notre récolte ;
Et, refoulant en nous notre juste révolte,
Ton plomb cruel frappa le soldat défenseur :
Tu fusillas le frère à côté de la sœur ;
Le fils tomba mourant sur le sein de sa mère,
Et deux enfants gisaient sur le corps de leur père !...
Tu vis cela, Guillaume, et tu fus sans émoi ;
Ah ! qu'on a le cœur dur sous le manteau de roi !
Si l'homme devient bronze en montant sur le trône,
Peuple ! brise à tes pieds la dernière couronne.
Quoi ! nos pauvres enfants mourront tous sans linceul

Et par décret du roi! La volonté d'un seul
Doit-elle dominer la volonté des autres?
Monarques, vos destins sont différents des nôtres :
Nous périssons pour vous; mais vous, grands rois, jamais
On ne vous vit périr pour sauver vos sujets!
C'est assez obéir à votre ordre suprême;
Le cœur d'un fils vaut mieux qu'un riche diadème!
Rois, gardez vos trésors; laissez-nous nos enfants,
Ils sont chers au vieillard comme ses cheveux blancs!

Guillaume, tu souris à ce que j'ai su dire,
Puis tu réponds ces mots : — Celui qu'il faut maudire,
Français, ce n'est pas moi, mais bien votre empereur;
Il a voulu la guerre, et j'en ai tout l'honneur!
— L'honneur!... Ah! je t'arrête au milieu de ta gloire;
Car quiconque vivra gardera la mémoire
De tes déloyautés et de ta trahison :
Quand le maître est dehors, tu pilles la maison!
L'empereur est à bas, il t'a rendu ses armes,
Et tu poursuis la lutte avec tes fiers gendarmes!
Nous demandions la paix, et tu répondis : — Non,
Je veux jusqu'à la mort régner par le canon!
J'ai du plaisir à voir Lutèce se défendre;

Mais mon bonheur sera de tout réduire en cendre,
Si Paris ne meurt point torturé par la faim !
Je veux le voir souffrir... souffrir jusqu'à la fin...
Néron ! Oui, permets-moi de te donner, Guillaume,
Ce nom qui t'appartient bien plus que ton royaume ;
Car je ne conçois pas, sous l'ère des chrétiens,
Qu'un homme ait des projets, Néron, comme les tiens !
Ah ! tu veux voir brûler la cité la plus belle !
Ah ! tu veux que l'enfant périsse à la mamelle !
Que la mère n'ait plus qu'un corps livide et froid,
Tandis que tes soldats crîront : — Vive le roi !
Ah ! tu veux t'égayer au château de Versaille,
Pendant que nos guerriers se tordront sur la paille,
Terrassés par la faim, ce mal cruel, affreux !...
Opprobre de la Prusse et monstre à tous les yeux !
César en raccourci ! césar de bas-empire !
Je m'étonne, en ce jour où la haine transpire,
Qu'un spartiate prussien, lassé des conquérants,
Qu'un moderne Brutus n'ait point percé tes flancs !

Décembre 1870.

ÉPITRE A BISMARK

Conseiller d'un roi fou, serviteur de Guillaume,
Toi que Mars favorise à son grand jeu de paume,
Bismark, toi qui t'es fait le valet d'un bourreau
Pour mieux tirer la corde où pend l'affreux couteau,
Je m'empresse en ce jour de t'offrir une épître ;
Car cet honneur t'est dû, Bismark, à plus d'un titre :
N'es-tu pas l'échanson de Guillaume? Au festin,
Dans sa coupe tu sais mêler le sang au vin.
N'est-il pas l'écolier, toi le maître d'école?
Professer à la cour fut de tout temps ton rôle,
Et j'aime à t'applaudir dans l'un ou l'autre emploi ;
Car tu grises Guillaume, et le bourreau c'est toi!

Oui, c'est toi, vil serpent qui sus, par ton astuce,

Sur la France attirer la haine de la Prusse.

Tu peux être assuré, sans entrer à Paris,

Qu'on te rend dent pour dent et mépris pour mépris.

Du mépris, c'est trop peu pour l'homme sanguinaire

Qui veut de mon pays faire un vaste ossuaire,

Qui veut anéantir la cité des beaux-arts

En lançant des obus par-dessus nos remparts.

Voilà plus de six mois, misérable vampire,

Que le sang coule, hélas ! que ta bouche l'aspire.

Pour te complaire au crime et dormir sans remord,

Tu dus faire en secret un pacte avec la mort :

N'est-ce pas toi, Satan, qui transportas Guillaume

Sur un mont élevé non loin de son royaume ?

Tu lui disais : « Vois-tu ce pays florissant ?

C'est la France !... Elle craint ton bras ferme et puissant.

Tu peux la ravager ; j'y puis lancer la flamme ;

A Satan livre-toi ! Livre ton corps, ton âme !

Laisse pour guerroyer ta femme, ton château,

Et la France est à toi, je t'en fais le cadeau !

Avec tes fils suis-moi vers les champs de la gloire ;

Qu'ils traversent le Rhin, qu'ils traversent la Loire !

Tout ton peuple est armé, qu'il subisse les lois

De la guerre !... En avant ! les Saxons, les Badois,
Pour former une armée immense, colossale !
Contemple donc Strasbourg !... Vois-tu sa cathédrale ?
— Strasbourg !... si je l'avais !... Il me le faut, morbleu !
— Guillaume, tu l'auras vivant ou bien en feu.
Je puis donner au roi la moitié de la terre ;
Aujourd'hui prends la France !... A demain l'Angleterre !

Et Guillaume suivit tous tes conseils, Satan.
Sur un cheval fougueux il partit à l'instant :
Son regard était fauve ; il avait la moustache
Épaisse comme un bois qui n'a point vu la hache.
Partout, à son approche, on reculait d'horreur ;
Car il portait partout le sabre et la terreur.
Les vierges à ses pieds tombaient échevelées,
Les vieillards chancelants, les mères désolées,
Tous subissaient l'outrage... Et toi, Bismark, et toi,
Joyeux tu laissais prendre un bain de sang au roi...

Un bain ne calme pas la fureur souveraine ;
Il prit des bains de sang en Alsace, en Lorraine,
Et plus il s'y plongea, plus le cœur lui brûlait ;
Ce n'était plus un cœur, non, c'était un boulet !

Et ce boulet de fer, qu'un tison rouge allume,
C'est toi qui l'as forgé, Bismark, sur ton enclume.
Tu le verras faillir; il touche à son déclin;
Il n'est point de boulet roulant toujours sans fin.
Puisse-t-il rencontrer ta tête sur la route
Et la broyer d'un choc!... Mais pas encore!... Écoute.
Des soldats expirants ont proféré ton nom :
« Bismark n'aura jamais les honneurs du canon.
S'il meurt, lui qui sema les horreurs de la guerre,
Que sa mort soit des plus horribles sur la terre!
Le sol boit notre sang; il entend nos clameurs;
Nos mères ont versé jusqu'à leurs derniers pleurs!
On a su les réduire, avec la violence,
A servir des Prussiens qui brandissent la lance;
Et pas un seul de nous n'est là pour protéger
Celle qui crie : « A moi!... Mon fils, viens me venger!... »

« Moi, Prussien, on m'a dit : Le maître du royaume
T'ordonne de quitter ton toit couvert de chaume.
Il laissa sa famille, il faut en faire autant.
— Mon fils est au berceau. — Dieu veille sur l'enfant!
— Mais ma femme m'étreint en me couvrant de larmes.
Comment l'abandonner? — En saisissant tes armes;

Le roi veut des guerriers... Allons! drôle, partons!...

Et j'ai suivi Guillaume avec ses bataillons...

Je ressentis bientôt ce qu'un soldat endure,

La faim, hélas! la faim sur une couche dure.

« Cherche ton pain! m'a dit un vieux sergent rétif :

On n'a rien en dormant; montre-toi plus actif.

Ce n'est pas au soleil que naquit l'émeraude;

Elle est au fond du sol. Va donc à la maraude!

Le pillage est ton droit, le meurtre est un besoin;

Bismark a tout permis quand nous serions au loin... »

Le mal qu'on nous conseille, on l'apprend bien sans livre.

Je l'ai commis tout seul; le crime m'a fait vivre.

J'ai même eu du plaisir à voir souffrir autrui,

En riant du fléau qui me frappe aujourd'hui.

Oh! la guerre! la guerre! ignominie atroce!

Elle fait l'assassin et la bête féroce.

La guerre m'enseigna les crimes les plus grands :

J'ai tué les vieillards; j'ai tué les enfants;

J'ai pillé les autels et, chose plus infâme,

J'ai!... Devinez le mot pour l'honneur de ma femme...

Enivrés par la poudre, et bravant le trépas,

Tous les Prussiens marchaient vers Paris à grands pas
« Un héros ne meurt point! disais-je en mon délire!
Mais un scélérat tombe, on peut le lui prédire. »
Frappé par une balle, on me vit chanceler,
Me roidir sur la neige, et tout bas appeler...
Nul n'entendit ma voix... Passait une corneille :
Elle vint... et son bec me déchira l'oreille.
Resté seul, près de moi s'élevaient des tombeaux
Sur le tertre desquels planaient d'affreux corbeaux,
Et je les comparais, tous ces oiseaux voraces,
Aux monarques unis pour détruire les races...
Je vis un homme en deuil... un second et puis trois;
Ils semblaient murmurer contre le jeu des rois.
C'étaient des gens âgés, d'assez forte encolure,
N'ayant pour tout habit qu'une robe de bure[1].
Ils enterraient les morts avec un saint respect,
Et moi, vil criminel, tremblant à leur aspect,
J'évitais leurs regards... L'un d'eux me dit : « Mon frère.
Au péril nous venons doucement vous soustraire;
Laissez-moi vous panser... » J'eus un moment d'émoi;
Car j'étais étonné qu'on eût pitié de moi,

1. Les Frères de la doctrine chrétienne dont la conduite et le
dévouement ont mérité les plus grands éloges.

De moi qui, l'avant-veille et par un temps de bise,
Avais pris aux blessés tout, jusqu'à leur chemise...

Bismark, je te maudis! Guillaume, je te hais!
Vous avez diffamé tous deux le cœur français.
Il est bon, généreux et rempli de clémence;
On ne fusille point les prisonniers en France.
J'ai vu les brancardiers, ils étaient plus d'un cent,
Ramasser les blessés sous un feu menaçant.
En Prusse, on est cruel; du mal on est complice.
S'il faut prochainement que ma mort s'accomplisse
Au profit de Guillaume et du nouveau Tristan
Qu'on appelle Bismark, je lui dirai : « Satan,
Je veux par les deux pieds que le peuple te pende!
Si tu pousses des cris, qu'un vautour les entende!
Qu'il te crève chaque œil pour en chasser l'éclair!
Qu'il t'arrache le foie et s'en repaisse en l'air!
Qu'il revienne t'ôter les entrailles fumantes!
Que tout ton corps, Bismark, soit de chairs palpitantes,
Et, pour les consumer, qu'un enfer dévorant
S'entr'ouvre avec fureur!... C'est le vœu d'un mourant... »

Janvier 1871.

3

PARIS PRUSSIEN

HOMMAGE

A L'AMIRAL SAISSET

Paris, tu fus longtemps ma vie et mon idole,
Et ce qu'on aime bien, rarement on l'immole :
Je naquis dans ton sein, tu fus mon doux berceau ;
Ton ciel, à mes yeux bleus, paraissait toujours beau !...
Par la paix couronnés, les arts vivaient en frères ;
Les champs étaient féconds et nos moissons prospères ;
Tout ce qui t'entourait, Paris, me semblait grand,
Tout jusqu'aux peupliers !... J'étais alors enfant...
Des oiseaux j'écoutais la voix harmonieuse,
Et leurs tendres accords rendaient mon âme heureuse ;
J'aimais à voir fleurir en mai le frais lilas ;
J'aimais le cep de vigne et son rude échalas ;
J'aimais les bois, les prés, Romainville, Vincenne,

Pantin et Bagnolet, les coteaux et la Seine.

J'aimais à voir dès l'aube une abeille au lointain,

Puis à dormir le soir en songeant au matin.

Mon rêve n'était pas celui que font les hommes :

Aux enfants je disais : « Restons ce que nous sommes ;

N'avançons pas trop tôt dans le champ des douleurs ;

Parcourons les sentiers où l'on cueille les fleurs ;

Gardons nos rêves d'or, de joie et d'innocence ;

Car les plus beaux sont ceux que Dieu donne à l'enfance... »

Mais dans la vie, hélas ! tout change avec les ans :

Les hivers ne sont point semblables aux printemps.

La paix régnait hier... Aujourd'hui c'est la guerre ;

Les arbres sont gisants sur des buttes de terre.

On rase les maisons... Du bruit de toutes parts...

Des fusils dans Paris... Des canons aux remparts...

Les hommes sont armés comme en quatre-vingt-treize ;

Le tambour bat... On chante en chœur *la Marseillaise*...

Que s'est-il donc passé ? — Des désastres affreux !

Sedan a vu périr nos soldats valeureux.

Des chefs, des insensés, des commandants de paille

N'ont pas su se tenir sur le champ de bataille ;

Ces héros de carton, dressés pour le coup d'œil,

En songeant aux plaisirs ont fait nos jours de deuil.
Il leur manquait là-bas les buffets de l'Empire,
Des tapis sous les pieds et des bâtons de cire
Pour donner à leur barbe un air toujours moqueur ;
Et la carte tomba sur ces valets de cœur
Pour mieux cacher leurs noms… Mais attendons l'histoire,
Elle rétablira tous leurs hauts faits de gloire ;
De même qu'il faudra, pour notre déshonneur,
En parlant de Sedan, parler de l'empereur
Qui, s'avouant vaincu, déposa son épée
Aux genoux de Guillaume !… Oh ! l'horrible épopée !

Les malheurs de Sedan, nos victimes, leurs cris,
Il n'en fallait pas plus pour émouvoir Paris :
« Les Prussiens !… les Prussiens viennent chez nous s'ébattre. »
La défense donna pour mot d'ordre : *Combattre !*
Et l'on vit de tous points surgir des combattants :
Les jeunes et les vieux, chacun avait vingt ans.
L'uniforme effaça du temps plus d'un outrage,
Et pas un citoyen ne manqua de courage.
On montait aux remparts, on veillait aux bastions,
Sans se plaindre du froid ni des privations.
De l'homme à cheveux blancs j'aimais l'ardeur virile ;

C'était l'un des sauveurs de notre bonne ville ;
Il disait : « Nous vaincrons, car Paris se défend !... »
Et de joie il pleurait comme eût pleuré l'enfant...

Et moi poète aussi j'essuyais quelques larmes
En pensant à l'honneur abrité sous nos armes.
Je m'écriais : « Paris, recevoir les Prussiens !...
Oui !... pour les écraser !... Guillaume, avec les tiens,
Rentre donc à Berlin ; laisse Paris tranquille ;
Il ne se rendra point !... Mourir est plus facile !

Et le peuple, en effet, plein de calme et d'espoir,
Tout en chantant cassa son morceau de pain noir :
Du pain si laid, si dur, que c'était la muraille
De riz, de son, d'avoine et d'ordure et de paille.
Il était si compact qu'on eût pu, sous son poids,
Écraser d'un seul coup Guillaume et tous les rois !...
Puis en temps de disette, où le trafic s'exerce,
Il s'établit toujours plus d'un honteux commerce.
Au riche les poulets, le lard et les jambons,
Au pauvre l'abstinence et les mets les moins bons ;
Heureux s'il peut trouver, sans aller à la halle,
Dans la rue, en plein vent, où le marchand s'installe,

Une crêpe, un beignet dressés sur un vieux plat,
Du café brun sans sucre ou du faux chocolat.
Mon Dieu! qu'il vécut mal pendant l'état de siége!
Le marchand vivait seul de l'ancien privilége :
Il vendait à prix d'or ne livrant presque rien;
Car une tête d'ail était parfois son bien.
Certains jours il offrait du thym, de l'échalotte,
La moitié d'un poireau, des fragments de carotte,
Du suif mal épuré, du beurre végétal,
Des pieds gélatineux, du boudin de cheval,
De la chair à pâté qui sentait la friture,
Et de la colle forte au lieu de confiture.
Il faut bien l'avouer, on falsifia tout;
Mais la faim s'énonçant fait taire le dégoût;
L'estomac qui résiste un peu plus tard lui cède;
Manger est un besoin, l'esprit lui vient en aide;
Et le peuple disait : « Mangeons du chat, du chien;
Souffrons!... Mais que Paris ne soit jamais prussien!... »

Paris tint bon! Paris a droit à nos hommages;
Car les obus prussiens lui causaient des ravages :
Le canon Krupp, placé sur la hauteur des monts,
En battant nos quartiers, atteignait nos maisons.

Il semblait s'attaquer aux plus beaux édifices :
Comme un démon, la nuit, jetant ses maléfices,
Il effondrait un toit... Là dormaient des enfants,
Et la mort les surprit entre leurs deux draps blancs!...
Les malheureux blessés, au sein du Val-de-Grâce,
Les vieillards dans leur lit n'obtinrent pas leur grâce;
L'ennemi, pour mieux voir où portait son canon,
Insulta notre gloire au front du Panthéon!
Sur Vanves, l'Odéon et sur Paris-Montrouge,
On eût dit qu'il voulait tirer à boulet rouge.
Il n'en fut rien pourtant, que ses feux soient bénis;
Car il se contenta de brûler Saint-Denis!...

Dans la lutte Paris mettait son espérance :
C'était l'unique objet qui calmât sa souffrance;
Mais la captivité pour le peuple est l'enfer :
« Brisons, s'écriait-il, notre cercle de fer!
Marchons sur les Prussiens!... Voyons-les donc en face!
De Paris sortons tous!... Il faut sortir en masse;
Nos Français sont en route et nous tendent la main! »
On sortit... Mais, hélas! on fit peu de chemin,
Quand on pouvait tout droit s'en aller à Versaille,
Et chez soi l'on rentra le jour de la bataille...

Qui donc nous a trahis? Est-ce toi qui cédas,
Peuple? Non, tu disais : « Restons toujours soldats!... »
Tes chefs ont-ils tremblé?... Grand Dieu! quelle injustice!
Sans consulter Paris on conclut... *l'armistice!...*

Et pour Paris ce fut un nouveau déshonneur!
Nos guerriers stupéfaits exprimaient leur douleur :
« Paris! plier au vent comme un chétif brin d'herbe !
Amiens se défendit, commandé par Faidherbe;
On nous désarme, hélas! pour nous livrer à qui?
Ah! que n'avons-nous eu pour chef un Bourbaki!... »
Un zouave ajoutait : « Manquions-nous donc de vivres?
On mange du rat mort ou la peau des vieux livres,
Mais on ne se rend pas!... » — « Les Prussiens ont nos forts!
S'écriaient les marins : ils ont tout sans efforts;
Avons-nous un seul jour faibli par le courage?
Le travailleur jamais ne déserte l'ouvrage;
Avons-nous un instant dormi près du canon?
L'amiral[1] manquait-il de cœur? Mille fois non!
Pourquoi donc arrêter nos bras et nos services,

1. L'honorable M. Saisset, commandant les forts de l'Est, et dont le fils est mort bravement devant l'ennemi.

Nous qui pouvons montrer de nobles cicatrices?
Nous qui savons mourir!... Nous qui bravions les mers!.. »
Et les pauvres marins versaient des pleurs amers...

. . . .

Enfin!... Signons la paix, si la paix est légale.
Les Prussiens, comme un flot, comme au port la rafale,
Viendront-ils dans Paris se heurter à l'écueil?
Ah! que chacun de nous s'enferme en un cercueil!
Mettons à notre porte une tenture noire;
Le deuil encadrera ce feuillet de l'histoire;
Les vainqueurs auraient dû par nous être vaincus.
Les Germains orgueilleux en sont-ils convaincus?
J'en doute, et je les vois qui portent haut la tête;
Ils font de la musique... Et des gens leur font fête!...
Ah! s'il en est ainsi, vantez leurs fiers succès;
Que Paris soit prussien!... Je resterai Français!

15 février 1871.

UN DEUIL

AUX MÈRES DE FAMILLE

Un deuil!... Est-ce la guerre? — Oh! je n'essaîrai pas
D'en tracer les horreurs en suivant tous ses pas.
Chassons loin de nos yeux le tableau de la guerre ;
Il germe d'autres maux sans celui-là sur terre ;
Car la vie ici-bas est un long jour de deuil,
Commençant au berceau pour finir au cercueil.
La joie et la douleur fort souvent ne font qu'une...
Hier on conduisait vers la fosse commune
Le corps d'un pauvre, hélas ! couvert d'un sombre drap ;
La mort l'avait atteint... Elle vous atteindra,
Riches qui vous croyez les potentats du monde ;
C'est en vain qu'on la fuit, c'est en vain qu'on la fronde :
Nul ne peut échapper à ses suprêmes lois ;
La mort tient dans sa main tous les sceptres des rois ;

Les briser tour à tour voilà son jeu de reine ;
Car elle est leur arbitre et notre souveraine.
Le riche la redoute et maudit ses décrets,
Le pauvre attend la mort sans craindre ses arrêts ;
Il se sent déchargé du poids de la misère,
Et trouve fort léger le sapin de sa bière.
Mais le convoi du pauvre en route est triste à voir :
On dirait que la gêne emprunta le drap noir ;
Le char a pour emblème une pâle comète,
Il est long, disloqué comme un hideux squelette ;
On craint qu'au moindre choc il verse de côté,
Et qu'un dernier malheur frappe la pauvreté.
Délaissée en chemin on sait qu'elle est réduite
A s'en aller parfois sans parents à sa suite ;
L'honnête homme qui part sans léguer aucun bien
Derrière son cercueil n'a pas toujours un chien ;
Il était seul au monde, et nul ne l'accompagne.
Heureux celui qui meurt en disant : « Ma compagne
Connut tout mes chagrins ; elle essuya mes pleurs ;
Sur ma tombe elle ira déposer quelques fleurs... »

Mon récit n'est pas gai, tristement je l'aborde
Sans vouloir cependant prolonger mon exorde,

Et si vous préférez que l'on parle pour moi,

La femme du défunt vous peindra son émoi :

« Pauvre homme!... il n'est plus là pour appeler Thérèse;

Je me désole... et lui dort au Père-Lachaise...

Ah! si dans ma douleur je savais m'exprimer,

Je vous dirais combien mon mari sut m'aimer!

Nous n'étions pas des gens façonnant une phrase;

Mais nos cœurs réunis se parlaient sans emphase.

Notre fortune était celle de l'ouvrier :

Du chêne, des outils, un simple mobilier.

Tandis que le rabot amincissait les planches,

De l'habit décousu je rajustais les manches;

Nous savions travailler. En aucun temps chez nous

La discorde ne vint séparer les époux.

De la sobriété Gustave était l'emblème :

Point de défauts chez lui que je n'eusse moi-même,

Or fallait-il s'en plaindre? Un seul les dominait,

Celui de la lecture. A toute heure il tenait

Un livre dans ses mains. Dieu, qu'il aimait à lire!

C'était sa passion de chercher à s'instruire.

Contre l'humanité sa bouche était sans fiel;

Il disait qu'un bon livre est un présent du ciel,

Que l'homme vit heureux quand au bien il s'applique.

Je ne sais s'il servait vraiment la République,
Il ne m'a jamais dit qu'il fût républicain ;
Mais il aimait son Dieu, sa femme et son prochain.
Son cœur était honnête, et sa vie exemplaire ;
Je lui plaisais toujours sans chercher à lui plaire.
Modestes dans nos goûts, nous ne possédions rien
Qui ne fût, sans partage, et le mien et le sien.
Il n'avait usurpé qu'un seul bien de famille ;
Je disais : — Notre enfant, et lui disait : — Ma fille !...
Mais qui l'aimait le mieux, je l'ignore... L'enfant
Par Dieu nous fut offert comme un tardif présent.
Après bien des étés, quand le givre est sur l'arbre.
Mais qu'importe l'hiver ! le cœur n'est pas de marbre,
Et le nôtre prouva qu'il était jeune encor.
Pour Gustave, un enfant, ah ! ce fut un trésor !
Sa fille !... Il la plaça lui-même dans les langes ;
A deux ans elle avait le sourire des anges !
Et c'est, hélas ! mon Dieu ! pour la mettre au tombeau
Qu'un ange un jour la prit au bord de son berceau.

Nous étions en janvier, durant l'état de siége ;
Le vent chassait la pluie et la changeait en neige ;
Ma petite Stella disait : « Maman, j'ai faim !... »

Gustave était de garde... et nous manquions de pain ;
S'en procurer sur l'heure était chose impossible,
Le seuil des boulangers n'était plus accessible ;
Car on faisait la queue aux portes des marchands.
Dès l'aube on s'y foulait par un froid des plus grands.
L'homme jette à la femme en tous les temps le blâme ;
Mais Dieu sait, de nos jours, ce qu'a souffert la femme !
Pendant que nos maris veillaient sur les remparts,
De tourments nous avions aussi nos bonnes parts :
Il nous fallait rester en plein vent, dans la rue,
Pour n'avoir quelquefois qu'un morceau de morue.
Les marchands nous laissaient nous morfondre dehors !
Et pendant ce temps-là passaient au loin les morts...
Les convois se suivaient ; après l'un venait l'autre.
Les enfants mouraient tous... Nous garderons le nôtre,
Soupirais-je un matin, il ne périra pas...
Le soir ma fille était aux portes du trépas :
J'accours pour l'embrasser... O ciel !.. la variole
Avait changé ses traits... Je pousse un cri de folle :
Mon enfant !... Parle-moi ! Regarde ! Me voilà !...
Rien !... J'arrivai trop tard !... Et je perdis Stella...

Plus d'enfant, de baisers à cueillir sur sa bouche !

Un cadavre glacé sur une froide couche.

Ah! ma fille, avec toi prends-moi dans le tombeau!...

Gustave entra... Du lit je tirai le rideau.

Pauvre père! Il me vit troublée et chancelante,

Et dans ses bras ouverts je me jetai tremblante.

Ma douleur le surprit et le rendit muet,

Puis il lut dans mes yeux l'aveu qui me tuait.

Alors il frissonna... Sa face devint pâle...

—Pourquoi? s'écria-t-il, ah! pourquoi donc la balle

Qui frappa près de moi Regnault [1] au champ d'honneur,

N'a-t-elle pas atteint du premier coup mon cœur?...

Là-bas! à Buzenval, je serais mort en brave,

Ici... Thérèse, ici!... — Que vois-tu donc, Gustave?

— J'aperçois sur le lit que tu cachas... la croix

Qui me dit : Désormais vous ne serez plus trois;

Ici n'habiteront que le père et la mère,

L'enfant ira chercher sa couche au cimetière...

Mon Dieu! vous m'avez pris mon bonheur aujourd'hui;

Il est vrai que le pauvre, hélas! n'a rien à lui!...

1. Jeune peintre d'un grand mérite, tué le 19 janvier devant
le parc de Buzenval. Henri Regnault était le fils du directeur
de la manufacture de Sèvres.

Un logis sans enfant, c'est la terre déserte ;

C'est un champ sans épis, c'est une cage ouverte.

Gustave près de moi ne pouvait plus rester ;

Car tout dans la maison, tout semblait l'attrister.

La lecture pour lui n'avait plus aucun charme.

De ses yeux je voyais souvent fondre une larme.

Son deuil fut si profond, il me parut si noir,

Que je voulus un jour rompre son désespoir :

— Dis-moi, mon cher Gustave, où réside ton âme ?

Est-elle encore à moi ?... Je suis toujours ta femme !...

— Mon âme, reprit-il, n'habite plus mon corps,

Qui lui-même bientôt s'en ira chez les morts.

Qu'ai-je besoin de vivre ? A quoi puis-je prétendre ?

Je n'avais qu'un enfant, la mort sut me le prendre !

Je n'avais qu'un fusil pour défendre Paris.

Et Paris est vaincu sans qu'il ait été pris.

Je sais que les Prussiens entreront dans la ville,

Que Paris est livré !... Toute arme est inutile

A qui ne s'en sert plus ; elle est comme l'outil

Qui se rouille à dormir... J'ai rompu mon fusil,

Et ses fragments épars sont restés dans la plaine.

Je l'ai brisé de rage... Et j'en ai de la peine ;

Car j'aimais mon pays !... Le jour où je saurai

Que l'ennemi viendra... Thérèse, je mourrai...

Il le sut, prit le lit et n'eut qu'un jour la fièvre.
Le soir, le mot patrie expira sur sa lèvre ;
Puis il me dit tout bas : « Prends le calendrier...
Je meurs !... C'est aujourd'hui le vingt-huit février... »

Le lendemain, grand deuil partout, jusqu'aux croisées :
Les Prussiens pénétraient dans les Champs-Élysées ..

2 mars 1871.

LE PREMIER MARS

A LA GARDE NATIONALE DE PARIS

Ils sont entrés, ces cannibales
Issus du peuple des Germains !
Ils sont entrés, craignant nos balles ;
Car ils avaient du sang aux mains !...

Mais les fils valeureux de la vieille Lutèce,
Renfermés dans leur deuil, et fiers de leur tristesse,
N'ont pas voulu punir les crimes des uhlans
En frappant des soldats qui se montraient tremblants.

L'armistice donnait entrée à leurs cohortes ;
Mais Paris avait clos ses fenêtres, ses portes,
Pour prouver aux Prussiens le dégoût de les voir !...
Et sur nos monuments flottait le drapeau noir.

Des hussards verts la peur guidait partout la horde :
Avant de s'arrêter place de la Concorde,
Ils fouillaient les taillis, ils sondaient les buissons... [1]
Et leur teint pâle était plus blanc que les maisons.

Le rang des Allemands marchait la tête basse,
Un coude contre l'autre, à défaut de cuirasse ;
Car ces hardis vainqueurs de Metz et de Sedan
Ne pénétraient chez nous qu'à leur corps défendant.

C'était pour obéir aux volontés d'un maître.
Guillaume, sois heureux ! Tu les as fait paraître,
Ces comparses schlagués pour ton noble soutien ;
Mais Paris les logea dans *le quartier prussien.*

On dit que ta musique, en se voyant à l'aise,
Voulut se faire entendre : alors *la Marseillaise*
Fit sonner son clairon... Et tes fiers Allemands
Se turent à la voix de nos chétifs enfants !

1. Aux Champs-Elysées, où trente mille ennemis ont été
parqués.

Quelle honte pour toi, Guillaume, et pour ton frère
Le conseiller Bismark! Notre peuplade entière
S'est tenue à l'écart pour mieux te faire affront.
Lui, doit avoir la rage, et toi, la mort au front!...

Confiner dans un coin les honneurs d'Allemagne!
Ne pas tenir Paris ouvert à Charlemagne!
Fermer bals et concerts, supprimer les journaux,
Et parquer les Prussiens comme des animaux,

C'est pour vous, mes seigneurs, une grande infamie!
Mais, que vois-je? déjà votre troupe endormie
Se couche... Allons! bonsoir à Guillaume! à Bismark!
La cité veille au camp... Dormez dans votre parc!...

Ils ont passé deux jours près de la capitale.
Une nuit dans son sein leur eût été fatale;
Ils le savaient!... De loin ils voyaient nos canons;
Ils savaient que Paris disait : « Nous vous tûrons!... »

Qu'ils signent leur congé... Nous, les propriétaires,
N'aimons pas à garder les Prussiens sur nos terres.
Nous avons eu l'engrais qu'il fallait à nos champs;
A Berlin retournez comme des chiens couchants!...

Partez!... le sac au dos et la giberne pleine...

Allumez votre pipe, et marchez vers la plaine.

Vous avez des lauriers pour orner vos jambons;

Au revoir! chers Prussiens!... Plus tard nous nous verrons!

Ils sont partis, ces cannibales

Issus du peuple des Germains!

Ils sont partis, craignant nos balles;

Car ils avaient du sang aux mains!

3 mars 1871.

LA COMMUNE

L'ennemi n'est plus là; cessons toutes bravades;
Mais pourquoi dans Paris voit-on des barricades?
Des groupes sont formés. Quelle agitation!
Prépare-t-on encor la révolution?
Peuple, que te faut-il avec la république?
Les clairons font appel à la garde civique;
On bat la générale et le jour et la nuit...
Les volets des maisons se ferment avec bruit...
Mon Dieu! quelle stupeur au milieu de la ville!
Serions-nous sous le coup d'une guerre civile?
— Citoyens! on voulait enlever nos canons;
On les avait surpris, et nous les reprenons!
Les soldats de la ligne ont tous mis bas les armes;
Nous avons fait captifs les traîtres, les gendarmes,

Au nom de la Commune et de la Liberté !

Demain nous sortirons de la grande cité...

— Où donc vous rendrez-vous ? — A Versailles, d'emblée,

Pour envahir la Chambre et punir l'Assemblée !...

Rien n'est plus imposant qu'un peuple souverain

Ayant brisé sa chaîne et n'ayant aucun frein !

C'est le lion hardi levant sa tête altière ;

Aucun dompteur ne peut lui saisir la crinière.

Tout l'offense, l'irrite et le met hors de lui ;

Son œil est teint de sang quand sa prunelle a lui.

C'est ainsi qu'on l'a vu, sans rencontrer d'obstacles,

Se livrer à Montmartre [1] aux plus cruels massacres :

Clément Thomas, Lecomte, entourés d'assassins,

Ont péri sans pouvoir changer ses noirs desseins.

Tous les deux, condamnés comme de grands coupables,

Ne voulaient pourtant point la mort de leurs semblables.

On les a fusillés sous les murs d'un jardin...

Clément Thomas reçut la mort avec dédain,

Et du martyr frappé, la blanche chevelure

1. Les généraux Clément Thomas et Lecomte ont été lâchement assassinés à Montmartre, le 18 mars.

Fut comme une auréole intacte et toujours pure...
Trois jours plus tard la foule exprimait des regrets.
Et l'on couvrait leurs corps de branches de cyprès.
Du peuple la fureur ne peut être éternelle :
La goutte de sang tombe où naîtra l'immortelle.

Peut-on s'enorgueillir d'un combat, d'un succès,
Quand des Français armés marchent sur des Français?
La honte devrait dire : O malheur à qui bouge !
Fédérés, renoncez à votre drapeau rouge ;
Ce n'est pas l'étendard qui convient à l'honneur ;
Car ses plis autrefois ont semé la Terreur !
Voyez! à son aspect, les visages blêmissent ;
C'est l'emblème du sang... Et les vieillards pâlissent ;
Ils n'osent concevoir qu'autour des corbillards
On ose déployer de pareils étendards !...
Est-ce pour mieux fêter aussi la République
Que l'on conduit les morts au son de la musique?
Le rouge ne peut être un symbole de deuil.
Le bruit n'éveille pas le mort dans son cercueil...
Pourquoi tant d'apparat? Pourquoi tant de fanfares?
Tiendrait-on à prouver que les décès sont rares?
O douleur! chaque jour il meurt des combattants

Que la Commune lève et qui n'ont point vingt ans!

Je ne regrette pas un insurgé qui tombe ;

S'il est chef, on mettra ses titres sur sa tombe ;

On dira que Flourens[1] a péri triomphant ;

Que c'était un héros!... Mais du timide enfant

Sans nulle ambition et sans force aguerrie,

Que dit-on s'il succombe au sein de la tùrie?

Allez le demander à ses parents en pleurs!

De la guerre civile ils blâment les malheurs :

— Nous avions un bon fils, une âme douce, aimante ;

Au travail il donnait son ardeur incessante :

On est venu le prendre un jour à l'atelier

Pour le mener au feu... Il eut beau supplier,

Invoquer notre amour, des hommes sanguinaires

L'ont conduit malgré lui vers leurs hordes guerrières ;

Et devant le péril, n'osant pas reculer,

Il regarda le ciel... puis se fit immoler!...

1. Gustave Flourens, colonel du 173e bataillon de la garde nationale, commandait le corps fédéré qui a été battu le 3 avril, du côté de Rueil et de Bougival, par le général Vinoy, assisté de la cavalerie du général Gallifet. Gustave Flourens fut découvert à Rueil dans une chambre, ou il fut tué d'un coup de sabre par un capitaine de gendarmerie sur lequel il avait tiré un coup de revolver.

Des fédérés l'échec est devenu sensible ;
Versailles ne leur offre aucun point accessible :
L'un d'eux, qui fut témoin de désastres sanglants,
De Châtillon revint un soir les pas tremblants,
Et, voulant raconter la bataille à sa mère,
Devint fou sous ses yeux !... Un autre avait un frère
Qu'il croyait prisonnier, loin sur le sol prussien.
Vigilant éclaireur, sous le Mont-Valérien,
Il avançait sans crainte... Un homme en sentinelle
Lui barre le chemin : à son poste fidèle,
C'était le défenseur du vieux drapeau français ;
Le fédéré gaîment tua le Versaillais :
— Mes amis ! Il est mort !... Venez le reconnaître !...
Et fier d'un tel exploit, de lui n'étant plus maître,
Il veut envisager de près son ennemi :
Ciel !... Son frère est gisant, pour toujours endormi !...

La vérité n'est pas l'esclave de la presse ;
C'est toujours son penchant que l'écrivain caresse ;
S'il est pour la Commune, il a vu tout en beau :
Les fédérés jamais ne sont tombés à l'eau ;
Le pont d'Asnière était de bateaux fort solides ;
Les obus versaillais n'ont point fait d'invalides :

Un mort et deux blessés... Le bulletin discret
Qui nous donne ces mots est signé Cluseret [1].
Fusille-t-on quelqu'un, on dit : Les représailles
Ont raison d'avoir lieu puisqu'on tue à Versailles!
La ville contre nous arme ses égorgeurs...
Et le peuple qui lit les journaux tapageurs,
Au lieu de déchirer leurs mensongères pages,
Vocifère partout, demandant des otages,
De pauvres innocents qu'il fait incarcérer
Dans un but de vengeance, et pour les massacrer.
Puis des gens avinés partent en promenade
Pour revenir la nuit, tous à la débandade.
Ils font selon leur gré des perquisitions,
Des jugements à part, des arrestations.
Ils ont gardé le seuil des écoles des Frères;
Les Sœurs n'ont plus d'abri. Retournant chez leurs mères
Les enfants dissipés manquent d'instruction.
On pille les autels!... Plus de religion!
Sans décret, sans affiche, on fait fermer l'asile
Des jeunes orphelins!... D'un vieux sergent de ville
La femme est reconnue, on la traîne en prison.

1. Délégué à la guerre.

Les suspects sont nombreux. On fouille la maison
De l'émigrant qui part emportant sa valise...
On arrête le prêtre au milieu de l'église...

. . . .

De nos jours, dites-moi, n'est-ce pas la Terreur?
Et de Paris chacun s'enfuit avec horreur!...
L'homme sage a rêvé longtemps la République;
A bien faire il comprend qu'un citoyen s'applique;
Quant au tribun, causant au peuple de l'effroi,
Il est bien plus cruel que le plus cruel roi!...
Faisons donc tous des vœux pour que la confiance
Renaisse dans Paris et gouverne la France;
Puis à côté des mots : *Vive la Liberté!*
Traçons en lettres d'or : *Amour et Charité.*

22 avril 1871.

MAI

Les marronniers en fleur balancent leurs rameaux ;
Mai tapisse les bois, les prés et les coteaux ;
La source court limpide au milieu de la plaine ;
La glycine répand sur nous sa douce haleine ;
Les oiseaux sont joyeux, ils volent vers leurs nids ;
Car les beaux jours de mai ramènent les bannis,
Tous ceux que le frimas chasse quand vient l'automne ;
L'hirondelle est rentrée ; une abeille bourdonne
En promettant du miel aux enfants du pays ;
Par un gai papillon leurs yeux sont éblouis...
En mai que la nature est vive ! Ah ! qu'elle est belle !

Mai parlerait aux cœurs si la guerre cruelle
Ne chassait pas au loin le calme et les amours :
Le sang coulait hier... le sang coule toujours!...

De la paix à quand donc le baume salutaire?
Les hommes sont-ils nés pour se tuer sur terre?
Que font-ils à présent dans la grande cité?
Ils regardent périr l'arbre de liberté!...
Le commerce n'a plus les éléments pour vivre;
C'est le feuillet qui tombe et ne tient plus au livre.
Le silence et le deuil règnent dans les quartiers;
Les hôtels sont déserts. Les valets, les portiers
Sont maîtres de maisons ou tribuns dans chacune.
Tout journal qui n'est pas l'ami de la Commune [1]
Disparaît en perdant son titre et ses moyens.
Et l'*Officiel* seul guide les citoyens,
Qui pour se divertir ont *le Père Duchêne* [2],
Ses jurons, sa colère et sa croissante haine.
Avec ces deux journaux, plus rien à désirer;
Paris vaincra! Paris saura se délivrer :

1. Les affiches portent : *La Commune ou la mort!*
2. Grand partisan de la destruction de la Colonne, du château des Tuileries, etc.

Les bossus, les pieds bots, les nains et les bancroches,

Les borgnes, les manchots, vieux barbus ou gavroches,

Chacun traîne un fusil... Mais ne les blâmons pas,

Puisque ces défenseurs marchent droit au trépas,

Et que pour trente sous, cette pauvre milice,

De son humble existence a fait le sacrifice.

On a su les tromper avec des mots pompeux ;

Hélas ! on nous trompa bien des fois tout comme eux !

Et leurs chefs, que sont-ils ? Des héros de parade,

De beaux galonnés d'or, descendant de l'estrade,

S'il plaît au Comité[1] de les jeter à bas.

Qu'ils osent commander ou prendre leurs ébats,

Leur conduite devient louche et leur est fatale ;

On les traduit devant une Cour martiale :

Tous ont trahi le peuple !... En prison, sans appel !

On juge Cluseret, on jugera Rossel.

En attendant qu'on juge à son tour Delescluze[2],

Ses pouvoirs seront nuls si jamais il en use !

Et le salut public, reposant sur un nom,

Du peuple fait toujours de la chair à canon...

1. Le Comité de salut public.

2. Nouveau délégué à la guerre, en remplacement du colonel Rossel, qui avait succédé à Cluseret.

Paris libre n'aura bientôt plus un seul homme ;

C'est un pays déchu comme l'ancienne Rome.

Le luxe en désertant nos vastes boulevards

Ne nous a point laissé la fortune et les arts.

Paris sème la crainte, et chacun l'abandonne ;

Satan seul est resté ; Satan règne en personne ;

C'est toujours le serpent, jaloux de nos splendeurs,

Qui siffle sans atteindre au faîte des grandeurs.

Paris est un enfer, il en fit son royaume,

Et, rampant un matin sur la place Vendôme,

Aperçut la colonne... un colosse, un géant !...

« Fi ! dit-il, ce trophée est pour nous insultant !

Peu m'importe qu'il soit de bronze et qu'il soit riche

De douze cents canons enlevés à l'Autriche !

Jamais les fédérés ne pourront aujourd'hui

Par leurs vaillants exploits arriver jusqu'à lui ;

Qu'on l'abatte à nos pieds !...[1] » O temps ! ô mœurs barbares !

Rome avait du respect jadis pour ses dieux lares ;

Rome, dans son ivresse ou ses débordements,

Ne sapait pas du moins ses plus beaux monuments.

1. La Commune décrète le renversement de la colonne de
la place Vendôme.

Les ans seuls ont détruit quelques anciens ouvrages,

Échappés à la guerre ainsi qu'à ses ravages.

Chez nous, l'esprit du mal s'entoure d'assesseurs ;

On ne trouve à Paris que des démolisseurs [1].

Démons lançant le feu, démons lançant la flamme.

Je m'étonne de voir les tours de Notre-Dame ;

Le portail et les saints n'ont plus lieu d'exister,

Puisque du maître-autel on sut tout emporter,

Puisque des gens armés par le nouveau prétoire,

Brisant le tabernacle, ont pris le saint ciboire,

Vases d'or et d'argent, chandeliers, crucifix,

Tout fut mis dans le sac des chercheurs de profits.

Et s'ils ont déposé ce sac à la Monnaie,

C'est qu'ils avaient compté sur une haute paie.

Paris a ses larrons s'il a ses défenseurs ;

Tout pouvoir illégal a son chef de voleurs,

Et je comprends dès lors qu'on pille les églises,

Qu'on séquestre les biens, ce sont des marchandises.

1. Le Comité de salut public, au nom de la Commune, arrête que la chapelle expiatoire de Louis XVI, ainsi que celle du général Brea, seront détruites, et que l'hôtel de M. Thiers, place Saint-Georges, sera rasé.

Qu'on rase les hôtels en dehors de nos lois.
Et qu'au niveau des prés on abaisse les bois.
L'égalité, c'est Mars qui dépouille Minerve;
Aucun arbre n'est mis pour l'hiver en réserve;
La dépense du jour se rit du lendemain :
Paris n'a plus de cœur, Paris n'a qu'une main ..

LA HONTE

Vous l'avez abattu ce colosse de fonte,
        Que sut respecter l'univers;
Sur le socle plantez l'étendard de la honte
        Pour mieux célébrer vos revers.
Chantez autour de lui; dansez, lâches vandales,
        Qui brisez tout sans nul remords;
Paris est une Morgue; étalez sur ses dalles
        Nos triomphes avec vos morts!
Chaque époque a son nom, son trophée ou sa gloire;
        La vôtre, c'est l'abaissement.
C'est la destruction des feuillets de l'histoire,
        C'est l'ère du renversement.
Insensés, vous avez fait tomber la colonne
        Sans pouvoir effacer un nom;

Sa chute a fait du bruit... En France elle redonne
            Du relief à Napoléon.
La statue est à bas, mais vous grandissez l'homme ;
            L'arbre sapé montre un géant ;
Trajan eut sa colonne ; abattez-la dans Rome,
            L'Empereur sera toujours grand !...
Que la honte vous couvre en ce beau jour de fête.
            Où seul le vandalisme est roi ;
Car le bronze en tombant sonna votre défaite,
            Et vous avez tremblé d'effroi.
Le châtiment succède en tous les temps au crime ;
            Sur vous le ciel se lève en feu ;
Le monument déchu ne craint plus pour sa cime ;
            Mais vous, ah ! craignez tout de Dieu !
Le châtiment souvent à la haine fait place ;
            La foudre et les éclairs ont lui ;
Hier vous gouverniez un flot de populace
            Qui peut vous broyer aujourd'hui !
Vos soldats, débraillés et couverts de guenilles,
            Du combat traînent les affronts ;
Donnez-leur des habits, donnez-leur des béquilles :
            La honte est peinte sur leurs fronts.
La honte, c'est d'avoir tiré sur leurs semblables

Avec un effort impuissant,

Et puis d'être rentrés comme des incapables

Qui s'étaient dits buveurs de sang.

Allons! désarmez-les; car vous avez des femmes

Qui revendiquent les fusils [1];

Ces démons sans pudeur, dont la bouche a des flammes,

N'ont point d'époux, n'ont point de fils.

Leur mamelle est sans lait, et leur poitrine est plate

Comme la toile des décors;

Le sac peut se placer sur leur rude omoplate

Sans jamais oppresser leur corps.

La guerre, en acceptant ces chevaux de remonte,

Touche de près à son déclin;

Il ne lui fallait plus pour compléter sa honte

Que ce bataillon féminin!...

17 mai 1871.

[1]. Le bataillon des citoyennes volontaires de la 12ᵉ légion. Le sieur Jules Montels, colonel, décide que les réfractaires seront désarmés publiquement par ces citoyennes.

PARIS EN FEU

Le ciel se charge au loin de longs flots de fumée ;
L'horizon est de sang... La ville est enflammée
Par les obus [1] lancés de la hauteur des monts :
Belleville et Montmartre ont d'infernaux démons.
Des criminels voulant éterniser la guerre.
Et, semblable au volcan, Paris a son cratère
Engloutissant les arts avec nos monuments ;
Les plus beaux sont atteints jusqu'à leurs fondements [2].

1. Obus incendiaires des fédérés.

2. Les Tuileries, le Palais-Royal, le Ministère des finances,
le palais du Conseil d'État et de la Cour des Comptes, celui de
la Légion d'honneur, la Bibliothèque du Louvre, celle de l'Ar-
senal, les Gobelins, le Grenier d'abondance, plusieurs grands
théâtres, notamment celui de la Porte-Saint-Martin, puis une
quantité considérable d'hôtels, de maisons et d'établissements
publics.

Cherchez l'Hôtel de ville, il n'est plus sur la place...
Paris est un brasier... Et tout mon cœur se glace
En voyant les horreurs des monstres insoumis
Qui se disent Français!... Où sont nos ennemis?
Seraient-ils revenus tout à coup de la Prusse?
Le fédéré qui brûle, est-il Cosaque ou Russe?
Et tous ces chefs montés sur de brillants poneys,
Fiers de leurs noms en ki [1], sont-ils bien Polonais?
Non, ce sont des bourreaux élus pour la turie,
Des fils dénaturés n'ayant point de patrie;
Leur mère est morte; ils n'ont nulle croyance en Dieu;
Ces fils de Lucifer ont mis Paris en feu!. .

Des femmes, d'ignobles furies,
Tiennent aussi la torche en main,
Poursuivant leurs sœurs ahuries,
Que la frayeur tue en chemin.
Leur horde criminelle et folle
Se vante des plus noirs exploits,
Et verse partout le pétrole
Qui doit incendier nos toits...

1. Les Dombrowski, Wrobleski et autres chefs étrangers.

A chaque maison qui s'écroule,
L'écho répète un rire affreux ;
C'est celui parti de la foule
Qui danse à la lueur des feux ;
C'est celui des atroces femmes
Qui surent livrer leurs maris,
Et qui, voyant Paris en flammes,
Poussent en l'air de joyeux cris...

. . . .

22 mai 1871.

Il est enfin venu le jour des représailles :
Dans Paris sont entrés les soldats de Versailles [1],
La carabine au bras, le revolver au poing...
Malheureux insurgés, ne céderez-vous point ?
Non. la haine en vos cœurs, autre feu qui dévore,

1. C'est le 21 mai que l'armée est entrée à Paris par la porte
de Saint-Cloud.

Croit encor triompher du drapeau tricolore.

Insensés! vous servez la cause d'assassins;

Renoncez, s'il est temps, à vos derniers desseins:

Vous serez massacrés sur chaque barricade!...

Entendez-vous l'obus joint à la fusillade?

Ah! vous baissez la tête, et vos yeux sont hagards;

Vous tirez en tremblant... Comptez donc les fuyards:

L'un a changé d'habits, et l'autre, à l'aventure,

Court vers les fantassins dont il est la capture:

Fusillé!... Celui-ci, celui-là, tous sont pris,

Et du vaincu la mort tour à tour est le prix:

« Grâce!... s'écrie en pleurs celui qu'on doit abattre.

— Lâche!... Il fallait hier renoncer à te battre;

« Meurs!... » Un autre à genoux s'apprête à supplier:

« J'ai des enfants!... dit-il. — Tu sus les oublier,

Oublie aussi la vie!... » Un... deux... et trois cadavres...

Quatre... cinq... dix... et vingt!... Triste récit, tu navres

L'écrivain qui vit tout sans chercher à tout voir.

La troupe fut sévère... Elle a fait son devoir!...

La Commune n'est plus!... et l'on respire à l'aise;

Mais, hélas! tout Paris est un Père-Lachaise

Dont les murs renversés sont à côté des morts!...

Delescluze a laissé sur les pavés son corps... [1]
Que de sang répandu !... Mon Dieu ! que de ravages !...
Mais la troupe a vengé la mort de nos otages [2],
Celle des preux tombés pour l'ordre et son drapeau ;
La fleur du mal devait périr sur un tombeau !...

28 mai 1871.

1. Delescluze, présumé tué près de la barricade du Château-
d'Eau, aurait été ramassé par les troupes du général Clinchant.

2. Le massacre des otages a eu lieu le soir du mercredi
24 mai, dans le chemin de ronde de la prison de la Roquette.
Les principales victimes sont : Mgr Darboy, archevêque de
Paris ; M. l'abbé Deguerry, curé de la Madeleine, et M. Bon-
jean, président de chambre à la Cour de cassation.

LE CHAMP DE BLÉ

EPILOGUE

Dans un champ où gisaient sous terre
Les corps morts de soldats moissonnés par la guerre,
Des épis de froment se courbaient sous leur faix,
Nous offrant l'abondance et retraçant la paix!...
Une femme à genoux récitait sa prière :
« Que fais-tu? lui dit-on : Vois donc ces beaux épis!
— Ils sont tristes pour moi; car je n'ai plus de fils.
    Et je le pleure au cimetière. »

    Cruelle guerre! affreux trépas!
Par les biens de la paix vous ne rachetez pas
    Le fils qui n'est plus à sa mère!...

TABLE

PARIS. — J. CLAYE, IMPRIMEUR, 7, RUE SAINT-BENOIT. — [208]